C0-DVS-778

Tadpole Books are published by Jump!, 5357 Penn Avenue South, Minneapolis, MN 55419, www.jumplibrary.com

Editor: Jenna Gleisner   Designer: Molly Ballanger   Translator: Annette Granat

Photo Credits: Smileus/Shutterstock, cover, 2tl, 6–7 (tree); Ruth Black/Shutterstock, 1; evrymmnt/Shutterstock, 3 (left); nexus 7/Shutterstock, 3 (right); Di Studio/Shutterstock, 4–5; zdravinjo/iStock, 2bl, 5; LightFieldStudios/Shutterstock, 6–7 (girl); Sofiaworld/Shutterstock, 6–7 (gifts); FatCamera/iStock, 2ml, 2br, 8–9; Imcsike/Shutterstock, 2tr, 10–11; Ariel Skelley/Getty, 2mr, 12–13; Casper1774Studio/iStock, 14–15; Olena Yakobchuk/Shutterstock, 16.

Library of Congress Cataloging-in-Publication Data

Names: Zimmerman, Adeline J., author.
Title: La navidad / Adeline J. Zimmerman.
Other titles: Christmas. Spanish
Description: Minneapolis, MN: Jump!, Inc., (2022) | Series: ¡Festividades! | Translation of: Christmas. | Audience: Ages 3–6
Identifiers: LCCN 2021007523 (print)
LCCN 2021007524 (ebook)
ISBN 9781636901473 (hardcover)
ISBN 9781636901480 (paperback)
ISBN 9781636901497 (ebook)
Subjects: LCSH: Christmas—Juvenile literature.
Classification: LCC GT4985.5 .Z5618 2022 (print) | LCC GT4985.5 (ebook) | DDC 394.2663—dc23

¡FESTIVIDADES!

LA NAVIDAD

por Adeline J. Zimmerman

TABLA DE CONTENIDO

PALABRAS A SABER

árbol de Navidad

cantos navideños

damos

galletas

media

regalo

LA NAVIDAD

¡Llegó la Navidad!

Reviso mi media.

media

¡Hay un regalo adentro!

5

árbol de Navidad

Nos sentamos alrededor del árbol de Navidad.

7

regalo

Damos regalos.

Cantamos
cantos navideños.

11

Hacemos galletas.

¡Es una festividad divertida!

¡REPASEMOS!

Una festividad es un día especial.
La Navidad es el 25 de diciembre.
¿Cómo celebra esta familia?

ÍNDICE

16